Siete historias que escondí en la chimenea

Ángel L. Pinedo Moraleda

2017

Quiero rendir un homenaje a todas aquellas personas que llenaron la inocencia de mi niñez de valores, sueños y amor, que me han llevado a ser como soy, con mis arrojos y virtudes, también con mis defectos y mis miedos, pero con la certeza de haber sido preparado para encontrar la Felicidad, y con el deseo de poder transmitir a los que han aumentado la familia, por enlaces, nacimientos o por simple acogida en otros troncos, ese sentimiento de bienestar con el que crecí

A Pilita, mi primera lectora y mi chimenea donde esconder las historias.

Maripi y Nacho, por ser parte importante de estas fábulas, ya que son para ellos.

Érato, cómo no.

La Chimenea

El mes de noviembre en San Lorenzo de El Escorial es así, lluvioso y frío.

Pero también es luminoso.

Ofrece la luz que da el Otoño, oculta entre los verdes que las hojas de los árboles, ya apagadas, conservan, y que se refleja en el agua que las inclemencias del tiempo mantiene en el suelo de tierra y piedra.

Si te mueves por los alrededores, esa luz se manifiesta también en el cielo que se irradia en los charcos y embalses que llenan los bosques cercanos.

Esa luz lo llena todo.

Representa el ave fénix de la Naturaleza, que se deja morir para renacer nuevamente en primavera desde sus cenizas.

Y como está por todas partes, guarda un lugar privilegiado dentro de los hogares.

La llegada del frío, nos invita a encender las chimeneas y, con ellas, caldear las casas... y los corazones.

La chimenea se convierte en el centro de reunión de familia y amigos.

El olor a leña quemada, a boniato y a castañas asadas, a chocolate caliente y a orujo, lo invade...

Estamos en las laderas graníticas del monte Abantos, a cuyos pies tuvo a bien Felipe II colocar el Monasterio que da empaque a toda la zona, y llena de historias los corazones y las mentes de quien quiera oírlas.

Para empezar, su emplazamiento. La cercanía de Madrid, y la riqueza de piedra y de agua a su alrededor, proporcionaron en su época razones suficientes para localizarlo donde está. Pero, ¿por qué no fabular? Aquí, entre nosotros, y muy bajito os lo digo, las malas lenguas hablan de una supuesta puerta del infierno ubicada bajo el monasterio, ¡y qué mejor que un bloque tan descomunal y, santificado además, para bloquear la salida!, o la entrada, que nunca se sabe qué es peor tratando del reino de Lucifer, si no dejarle salir, que ya tenemos suficientes "diablillos" por aquí, o no poder entrar, y así no nos metemos en la boca del lobo.

Luego, su estructura, su alineación con estrellas y planetas, la disposición de sus salas, el número de escalones, las reliquias, su biblioteca,... en fin, nada está dejado al azar.

Y el monte Abantos, con su corazón de piedra y agua, y su manto verde de pinos, fresnos y jaras, dominando el valle del Guadarrama hasta Madrid.

Todo ello ofrece una atmósfera mística y mágica a la vez como pocos lugares en el mundo.

En medio de ese clima de espiritualidad y prodigios, anclada en la parte baja del monte Abantos, se yergue la casa de piedra donde mi familia decidió, hace muchos años, forjar un hogar que fuera cuna de generaciones próximas y tronco donde agarrarse cuando vinieran mal dadas, que vinieron.

Al final, como todos los hogares, se convirtió en el refugio de sentimientos e historias que cuatro generaciones desparramaron por la sierra madrileña.

Y como no hay hogar sin familia, debería hacer mención a la mía, que parte de mi bisabuelo Agustín, que empezó con una pequeña casa a finales del XIX, casado con una mujer, pequeña físicamente, pero capaz de llenar su entorno de hijos, a los que trasladó una energía y unas ganas de vivir emblemáticas.

Los que salieron a Agustín, heredaron de él la rectitud, y también su mal carácter, quizás curtido por ser sargento de la Guardia Civil, o por los puestos de la cuenca del Guadarrama y del Lozoya por donde desarrolló su labor, zona inhóspita y fría en invierno, donde el bloqueo por la nieve era frecuente, y la lucha por subsistir y dar de comer a la prole era diaria.

Los que salieron a su mujer, Benita, se llevaron su alegría y optimismo, necesarios para contrarrestar la dureza del padre.

Entre los dos, y tras ser destinado a San Lorenzo de El Escorial, levantaron en un pequeño terreno, que les cedió la alcaldía por los servicios prestados, una pequeña casa de piedra que fue la sede del comienzo de la saga.

En el centro de la sala, la chimenea de piedra, fuego para el puchero y calor para alejarse del frio. Y, por encima de todo, punto de reunión de personas e historias, donde nunca a nadie se le negó un cuenco de caldo, una mirada amable o un rato de intercambio de chismes y fábulas con los que pasar el rato.

Allí nació mi abuelo, y mi madrina -una hermana suya-.

Y de allí a Madrid, a mejorar en lo posible, enriqueciendo la familia con la rama alcarreña que aportó mi abuela, carácter recio, sin aspavientos ni derroches, pero generoso como sólo la gente criada mirando al cielo por la agricultura puede ser.

La casa quedó solitaria, a merced de matojos y ganado, pero la madre Naturaleza, sabia como nadie, permitió que la chimenea se agarrara a la raíz pedregosa del monte de donde nació para preservar los cientos de historias que había recogido.

La familia siguió creciendo y nació, ya lejos de San Lorenzo, mi madre.

Pero por esos misterios insondables que tiene el destino, la estirpe se mezcló con otro serrano. Pero esta vez con valores algo más lejanos, pero tan anclados a la piedra como los de El Escorial. Mi padre, y su familia, provenían de Cuenca.

Y como la cabra tira al monte, se ve que piedra llama a piedra, y pasé mi infancia en excursiones domingueras hacia la Herrería de San Lorenzo de El Escorial, con cinco adultos y tres niños embutidos en un ochocientos cincuenta de la época, y las tarteras con tortilla y filetes empanados para degustarlos en el campo.

Con la bonanza económica de los principios de los setenta, mis padres decidieron rehabilitar la vieja casa de piedra, de la que sólo se pudo conservar, por intercesión directa de las hadas del bosque o quizás por algún diablillo que se escapó de la puerta del infierno sepultada bajo el monasterio, vete tú a saber, el alma de la casa: la chimenea, que reclamó, una vez más, su lugar en el centro del salón de la nueva casa.

Y allí, en plena adolescencia tardía, por una nueva intervención paradigmática de lo que allí se cuece, y con el fin de que las raíces se agarren aún más al granito, conocí a mi mujer que aportó, desde Zaragoza, una nueva variedad de piedra donde aferrarse, no por el tópico de la terquedad aragonesa, sino por la firmeza de sus convicciones y el tesón y perseverancia con los que enfrentarse a los retos de cada día.

La vida siguió avanzando y llegó la nueva generación -última hasta ahora- con nuevo empuje y aparentes nuevas metas... o no. La meta principal siempre es la misma: la Felicidad, aunque se manifieste de manera diferente, como la de aquella niña -nuestra hija- que regaba las flores silvestres con una regadera de juguete intentando vencer a la Naturaleza; o ese niño -nuestro hijo- que se quedaba dormido tumbado en un sofá frente a las llamas de la chimenea...

Perdonadme. He sufrido un proceso de nostalgia aguda.

Es que acabo de encender la chimenea de casa –sí, en San Lorenzo- y me he dejado llevar por el momento.

Ahora, en un mes de noviembre del siglo XXI, con más años de los que quisiera, pero lleno de aquellas experiencias que me hacen adorar este pueblo, y sentado frente al hogar encendido, mi mente vuela hacia atrás recordando...

...Recordando todos esos momentos que viví, o me contaron, o soñé mientras miraba el color rojizo de las llamas devorando la madera de encina.

Envuelto en el vapor que una copa de vino me ofrece para poder poner distancia al día de hoy, pero que me permite trasladar mi mente al corazón la vivienda, me enredo en el baile que el fuego mantiene con la madera.

Y, con los ojos y oídos cerrados, pero el corazón abierto a todo, comienzo a escuchar el susurro que surge de la chimenea y que, poco a poco, se esclarece hasta convertirse

en una voz que me cuenta las fantásticas
historias que una vez quedaron atrapadas en
su alma de hierro, ceniza y piedra...

LOS SIETE PECADOS CAPITALES

En mi generación, prácticamente todos los niños hacíamos la Primera Comunión. No se celebraba tan exageradamente como ahora, que más bien parece una boda, sino que se limitaba a la familia más cercana.

Lo que sí tenía en común con la actual, eran los años de catequesis dónde te instruían en la doctrina católica.

Dependiendo del sacerdote que te tocara, podía ser algo agradable, bien explicado –dentro de lo que una doctrina basada en la Fe se puede explicar- y ameno, o un infierno en la tierra, ya que te limitabas a aprenderte de memoria los dogmas y directrices de la Iglesia.

Recuerdo que me impactó mucho las sesiones dedicadas a los Siete Pecados Capitales. Mi temor era cómo evitar caer en ellos y quemarme en el Infierno cuando ni siquiera llegaba a entenderlos bien.

Un día estaba yo con mis cavilaciones infantiles sobre el tema cuando mi madre se acercó a mí y me preguntó qué era aquello que tan callado me tenía.

- Son los Siete Pecados Capitales, mamá, dije. No entiendo como Dios, que es infinitamente bueno y del que somos sus hijos, puede ponernos unas normas tan difíciles de cumplir... ¡Yo no quiero ir al Infierno!.
- - ¡Ay tontorrón! -mi madre sonrió- Mira, esto es mucho más fácil de lo que crees. ¿No te han comentado que todo se reduce a querer a Dios por encima de todo y a los que están a tu lado como a ti mismo? Con eso ya está. Lo demás sólo son consejos que te ayudan a ser mejor.

Yo no quedé muy satisfecho con la respuesta. La envidia, la pereza,... ¡todos tenemos momentos en los que caemos en ello!, dije preocupado.

Bueno, ya verás como no hay motivo para tener miedo. Te voy a contar la verdadera historia de cómo surgieron los Siete Pecados Capitales:

"Hacía ya tiempo que Dios había creado el mundo.

También ya había pasado el momento de la expulsión de Adán y Eva del Paraíso y, el ser humano, como el resto de las bestias del mundo, habían seguido la máxima de "creced y multiplicaos y poblad la Tierra". Ya nadie recordaba el Paraíso.

A pesar de que la maldad de los hombres les había alejado del Edén, reinaba en el orbe paz y tranquilidad, por lo que Dios decidió ausentarse una temporada para revisar otros mundos – Sí, Dios tiene mucho trabajo como para estar todo el santo día vigilando nuestra Tierra-.

Fue el momento que eligió el Diablo para actuar. Se acercó a su "Escuela de Demonios" –sí, también los demonios van a la escuela, como tú. ¡A ver si crees que nacen aprendidos!-, y escogió a los seis más espabilados.

– Discípulos míos -les dijo-. Lleváis ya tiempo estudiando en cómo hacer el mal y es momento que os doctoréis en diablología (que es la ciencia de cómo ser diablos). Para ello, aprovechando que Dios se ha ido a dar un paseo por otros lugares, vais a realizar vuestro trabajo fin de doctorado: Cada uno de vosotros tenéis siete años para inculcar en el ser humano un pecado que avergüence al Creador y que los lleve hacia nuestras redes de manera rápida. Dentro de ese tiempo volveré a veros y os daré, o no, el título que deseáis.

Los seis elegidos se pusieron manos a la obra, eso sí, cada uno por su lado, que eso de compartir, en el Infierno está muy mal visto.

Rápidamente (el tiempo en la Eternidad va a otra velocidad), pasaron los siete años y, tal como dijo, el Diablo llamó a sus diablillos para ver si habían cumplido con el objetivo.

Primero habló Asmodeo –se llamaba así, qué le vamos a hacer-. Este diablillo siglos más tarde tuvo algo que ver con el mago Merlín.

- *Yo he fabricado el pecado de la Lujuria. Por este pecado los humanos padecerán un deseo exagerado por algo, de tal forma, que no podrán controlarlo y se convertirá en su única meta.*

El segundo fue Belfegor, que tenía fama de ser un gran constructor de mecanismos.

- *Yo he elaborado el pecado de la Pereza. Lo podía llamar "tristeza de ánimo", que te aleja de tus obligaciones por el esfuerzo que supone enfrentarte con los problemas cotidianos que ello te causa. Y para completarlo, crearé mil ingenios que le hagan la vida más fácil al hombre y así, olvidarse de la voluntad.*

Le siguió Belcebú. Este hizo carrera ya que se convirtió en uno de los principales diablos del mundo.

- *Yo he acabado el pecado de la Gula. La gula, la expresión superlativa del exceso, no se limita al buen comer ni al mejor beber, sino que lo extendemos al*

*exceso que más nos gusta:
comida, bebida, dinero, poder,...*

El cuarto fue un tal Amón. Sí, como
el dios egipcio. Años más tarde se
encargó de la persecución de los judíos
en su tierra natal.

- *Yo he pulido el pecado de la Ira.
  Por él los hombres mostrarán un
  odio y enfado sin control. Y si caen
  en él, padecerán en el Infierno la
  atroz pena del desmembramiento*

Llegó el turno a Leviatán. Este
diablillo también quiso ser como Dios y,
al no conseguirlo, se convirtió en un
monstruo marino que habitaba hace
muchos siglos en los mares.

- *Yo he fabricado la Envidia, que de
  eso sé mucho. Eso de desear lo
  que otro tiene... No para tenerlo
  tú, sino para que el otro no lo
  tenga. Les llevará a preferir ser
  todos pobres a que otro sea más
  rico. Incluso disfrutarán del mal
  ajeno. Y lo peor es que más que
  un pecado, es una maldición. La
  persona envidiosa sufre con el
  bien del otro. Y no es una cuestión
  de necesidad o de deseo. Es el*

hecho de que la otra tenga lo que él no tiene,… aunque no lo necesite.

- *¡¡Fascinante!!, dijo el Diablo. Me queda uno. Espero que esté a la altura de los anteriores…*

- *Así lo deseo, dijo Mammón –No te rías que bastante "moving" tuvo en la escuela por ese nombre-*

- *El mío es la Avaricia, que le pasa como a la lujuria y a la gula: es un pecado de exceso… Sobre todo de riquezas en particular, aunque es extensible a la traición, a la deslealtad y ¡al soborno!, para el enriquecimiento personal.*

El Diablo no podía estar más orgulloso de sus discípulos. Les otorgó a todos el doctorado "Cum Laude" en diablología.

Pero te preguntarás dónde está el séptimo… Si en algo se caracteriza Lucifer, es en concentrar en sí todos los pecados capitales. Por ello, no podía permitir que ninguno de sus diablos quedara por encima de él, y dio a luz el Séptimo Pecado Capital

- *Bien mis miserables diablos, les escupió. Habéis trabajado con tesón, pero yo voy a hacer brotar el pecado de los pecados: La Soberbia.*
Será el origen de todos los demás. Será el primer pecado, ya que yo lo cometí al querer ser como Dios. La Soberbia será un pecado egocéntrico. Te considerarás el ser más importante y atractivo, siendo desconsiderado hacia los demás, llegando incluso a la humillación.

Y soltando una estruendosa carcajada desapareció dejando tras de sí una nube negra.

Al cabo de cierto tiempo, regresó Dios de su viaje por otros mundos. Al llegar comprobó que el ser humano había abrazado los Siete Pecados con gran entusiasmo.
Realmente se enfadó y mucho, y se le pasó por la cabeza dejar las cosas como estaban. Pero, ¿cómo un Padre puede abandonar a sus hijos a su suerte?

Bien. Decidió que, puesto que los hombres no pusieron freno a una vida rodeada de lujuria y avaricia, envidia y gula, pereza, ira y soberbia, tendrían que convivir con ello toda su existencia. Pero en su infinita bondad y defendiendo siempre la capacidad que regaló a los humanos para poder elegir, les ofrecería la contrapartida exacta para cada uno de los pecados.

Y así, contra la Lujuria creó la Moderación; la antítesis de la Pereza la Diligencia; frente a la Gula la Templanza; delante de la Ira la Paciencia; ante la Envidia la Caridad; y en oposición a la Avaricia la Generosidad.

Lucifer estaba que se subía por las paredes. Los hombres tenían de nuevo una alternativa para su salvación, ¡y además bajo su libre elección!

Pero preso de su naturaleza se atrevió una vez más a desafiar a Dios y mirándole a la cara con toda la rabia acumulada le dijo:

- ¡Fácil has tenido contrarrestar a mis jóvenes súbditos! ¡Pero no has podido conmigo! Todo hombre se creerá Dios y eso será su destrucción. ¿A dónde los vas a *arrojar esta vez? ija, ja, ja, ja, ja, ja!*

Dios le miró con calma -y con cierta tristeza ya que en su momento era uno de sus ángeles preferidos- y con una suave sonrisa en la boca le contestó:

-   *¡Ay Luzbel! Tu soberbia te ciega. ¿Crees que voy a dejar desamparados a mis hijos? No. Combatiré tu pecado con la virtud de la Humildad, algo que tú nunca conocerás. Y cada vez que un ser humano se equivoque y aloje en su corazón uno de tus pecados, surgirá otro que abandere una virtud y así, habrá una legión de mujeres y hombres que evitarán la injusticia, cuidarán la naturaleza, lucharán contra la pobreza y no se aprovecharán de los bienes comunes. Y además permitiré que cada pecador se arrepienta de sus daños y pueda entrar en mi Reino.*

Lucifer, una vez más derrotado, se marchó una vez más con el "rabo entre las piernas" y los hombres dieron gracias

*a Dios por haberles regalado otro don
que ni siquiera suponían: La Esperanza."*

21

EL ALFAQUÍ DE TOLEDO

No hay nada que más me gustara en mi infancia que las excursiones en familia. Cargar el 850 de mi padre con las neveras, las bolsas de la comida, el melón o la sandía -que luego se refrescaría en la fuente o en el río de turno- y meternos en el coche como sardinas en lata. ¡Hasta 8 personas!, eso sí, tres niños, unos encima de otros.

Esas eran las excursiones campestres. También gozábamos con las "visitas de día" a una localidad cercana a Madrid: Segovia, Ávila, Toledo,...

Y hablando de Toledo, recuerdo una historia que me contaron:

"Toledo es una ciudad para pasear.
Bueno, no. Más bien es una de esas ciudades para perderte en ellas pateándolas de arriba abajo. Y ocultarte en sus recovecos y sus pasajes mientras

el duro sol del estío empieza a bajar, y la sombra de sus edificios te abraza en sus callejas dándote ese soplo de frescor que los viandantes agradecemos.

En uno de esos paseos por el casco viejo de Toledo, recalé en una plaza, pequeña, irregular, con una zona arbolada y, ¡aleluya!, bancos dónde poder acomodar mis posaderas y descansar brevemente de una jornada, tan excitante como interminable, de callejuelas y rincones.

A mi derecha se asomaba la Iglesia de San Ildefonso, joya jesuítica de la ciudad, y a mi izquierda, como una secuoya milenaria, afloraba por encima de los tejados el pináculo de una de las torres de la catedral.

Estaba ensimismado en su contemplación cuando, de repente, escuché, o más bien intuí, un "buenas tardes" quedo. Giré mi cabeza y me encontré con la mirada, algo nublada, algo perdida, pero fija en mí, de un anciano delgado, bajo, sentado a mi lado y apoyando sus manos en un bastón. A pesar del calor del día, llevaba una chaqueta gastada sobre la camisa, y una boina calaba su cabeza hasta la frente.

- Buenas tardes,... ¡y calurosas!, respondí.

- Así es "alhaja", pero viene agua por la cocinilla... ¡ya veremos cómo acababa la tarde!, contestó con una sonrisa medio esbozada en su boca.

Era un hombre como cualquiera que nos pudiéramos encontrar por aquellos pueblos de Dios de la dura Castilla. La cara tostada por el sol, con arrugas, aunque no demasiadas. La nariz importante y la boca carnosa, no muy completa, los pómulos marcados. Sus ojos eran vivos, coronados por unas cejas semicanas suficientemente pobladas.

- ¿Qué? –me dijo-, ¿de turismo por Toledo?

- Así es. Es una ciudad que enamora y que, como una mujer, te invita a visitarla, recorrerla y gozar con ella. ¡Y descubrirla una y otra vez! He venido decenas de veces y, en cada ocasión, se me muestra diferente, revelándome algún rincón que no había descubierto antes.

- "¡Cabalito!". Toledo es la consecuencia de habernos mezclado hasta decir basta, ¡y de saber convivir, que no es tontería! Hay quien dice que la fundaron, en mitad del medio, los judíos que huyeron de Babilonia... Luego la ocuparon los romanos, los godos, los musulmanes, los castellanos... Por eso se enseña y se oculta según le place. Tiene *vida propia y decide, en cada momento, qué y a quién debe contar un secreto, de los muchos que guarda. ¡Cómo será que obligó al Tajo a rodearla!*

E incapaz de dejar de escucharle, comenzó a contarme historias y anécdotas que los recovecos de la ciudad tenían ocultos.

Me habló del pozo amargo, del cristo de las cuchilladas, del callejón del infierno,… y así fueron pasando los minutos mientras yo hacía algo más mía esta urbe, que utilizaba al anciano como medio, generoso, de regalarme algo de su alma de piedra y voluntades.

La tarde iba cayendo cuando, de repente, un destello me cegó: Era el reflejo del último rayo de sol sobre la torre de la catedral.

El abuelo me miró con su media sonrisa y me dijo:

- Veo que el muecín te acaba de llamar desde su torre, jajajaja.

- Jajaja, ¡difícil lo veo, desde una catedral cristiana!, contesté.

Mantuvo su sonrisa y mirándome a los ojos dijo "de toas maneras… meloneras, y vueltos del revés… melones otra vez", y al ver mi cara de no entender nada insistió: ¡Vamos!, que lo que no pase aquí, no pasa en ningún lado. ¿No crees lo del muecín?…

- ¡Difícil de imaginar!, reí

- Bueno, como ya es tarde y tendrás que descansar, te voy a contar una última historia que tiene que ver con los hombres, con sus odios y sus creencias, con la tolerancia y, por supuesto, con la magia y el misterio..."

"Cuentan que hace muchos siglos la Virgen María se personó en un pilar -¡qué fijación tiene la Virgen con las piedras!- para imponerle la casulla a San Ildefonso y, ¡pachasco!, se levantó una iglesia en su honor sobre la roca.

Los visigodos la consagraron como catedral pero, más tarde, al caer Toledo bajo el poder musulmán, se convirtió en la Ula Camil, la Gran Mezquita de Tulaytula, que era como pronunciaban el nombre de esta ciudad.

Durante más de trescientos años, este edificio se utilizó para dar culto y mayor gloria a Alá.

Pero en esta vida nada es imperecedero, y poco a poco los reinos cristianos fueron avanzando en su empeño por conseguir que toda la península volviera a estar bajo el patrocinio de la cruz de nuestro señor.

Y allá por el siglo XI, Alfonso VI, rey de León y de Asturias, de Castilla, Galicia y Navarra, ¡sí!, el del Cid y la jura de Santa Gadea, al que llamaban "el Bravo" por sus conquistas, no se sabe bien si de territorio, que tan sólo se dedicó a arrebatárselo a sus hermanos, o de mujeres, ya que era conocido por sus numerosas amantes y matrimonios icinco en total!... y guiñándome un ojo añadió: ¡Hay que ver con lo que nos cuesta entendernos con una mujer como para desposar a cinco!...

Como decía, este rey decide conquistar Toledo, clave para controlar todo el centro de la península ibérica e inicia un asedio que dura cuatro años.

Alfonso tenía gran cariño por esta ciudad, que en su juventud le había dado cobijo ante las ganas que su hermano Sancho tenía de encerrarle de por vida y que no diera más la lata, y siempre tuvo como objetivo poder volver ya como rey a la que consideraba su casa.

Cuando la situación dentro de las murallas ya no era sostenible, por el cansancio de sus habitantes y la escasez de comida y, sobre todo, por la negación de ayuda de otros reyezuelos musulmanes, la ciudad decidió rendirse al monarca.

Comenzaron las capitulaciones, que se prolongaron durante semanas por la falta de acuerdo entre partes. Alfonso no quería provocar un derramamiento de sangre inocente, pero sus condes y consejeros le presionaban para que la ciudad fuera, cuanto antes, tomada, saqueada y sometida a la cruz.

Para evitar mayores daños, Alfonso en persona decidió encabezar la embajada cristiana.

Al otro lado, el gobernador musulmán de Toledo, acompañado por ilustres de la ciudad, se preparará para recibir al que sería su rey, con la intención de conseguir la seguridad de los pobladores de la ciudad. Entre el séquito sarraceno, se encontraba un experto en leyes, el Alfaquí Abu-Walid, conocido por su sabiduría y justicia.

Por otro lado, Alfonso estaba influenciado por dos personas muy allegadas, su mujer, la reina Constanza, que internamente odiaba a su esposo por sus continuas infidelidades; y el monje benedictino Bernardo de Sedirac. Bernardo era ambicioso y astuto y "más retorcío que los de Bargas". Ejercía su influencia sobre Constanza de manera férrea, a la que catequizó para que convenciera a Alfonso en nombrarle como arzobispo de Toledo.

El único objetivo de Bernardo era tener su propia catedral. ¡Qué arzobispo sería si no dispusiera de una!

Precisamente por eso, montó en cólera cuando Alfonso concedió a los habitantes de Toledo mantener que el culto de éstos permaneciera en la ciudad, incluyendo el derecho a la utilización de la actual mezquita como tal. ¡Esto no quedará así!, pensó.

La paciencia era una de sus virtudes. La paciencia, y el manejo de voluntades ajenas. Así, dispuso de tiempo para ir soliviantando a un grupo de nobles que no entendían el motivo de no haber saqueado la ciudad y, por lo tanto, no haberse enriquecido con los desmanes y atropellos que seguían a cada victoria, y a los que sólo la fidelidad al rey les mantenía callados... por ahora.

De igual manera, utilizó sus malas artes para convencer a Constanza del atentado contra la verdadera religión que era el no haber tomado el mayor templo de Toledo bajo la advocación de la Cruz.

La paz es efímera, y no hubo que esperar ni tres años cuando el rey tuvo que ausentarse de su querida Toledo para seguir guerreando contra sus enemigos.

"Acabarse la paja, morirse el burro y hundirse el pesebre, todo fue uno". Era el momento esperado por el arzobispo de Toledo, Bernardo.

Aprovechando la ausencia del monarca, presionó a Constanza hasta forzarla a reunir a los nobles partidarios a eliminar las prebendas musulmanas. Se formó un grupo numeroso que asaltó la mezquita y, profanando sus lugares sagrados, emplazó un altar en su interior y una campana en el alminar. Consagró el templo y lo convirtió al culto cristiano, elevándolo a catedral.

Cuando el rey volvió, montó en cólera. No sólo se había atacado al corazón y las creencias de un pueblo que lo acogió en momentos difíciles, sino que se habían contravenido sus deseos dejando su palabra en entredicho.

Ante tamaña afrenta, formó un tribunal con sus nobles más fieles. Mandó reunir a todos los responsables del atropello y, en un juicio sumarísimo, los condenó a muerte.

La sentencia se llevaría a cabo al amanecer del tercer día y se anunciaría a "bombo y platillo" en toda Toledo, incluidos la judería y el barrio musulmán. Y, para mayor escarnio, el cadalso se levantaría en la Plaza de Zocodover, centro neurálgico del Toledo islámico.

Cuando Abu-Walid conoció la noticia no perdió tiempo, reunió a los notables de la población mudéjar y les hizo ver que, si bien habían sufrido una dura ofensa contra su fe, ellos mismos habían obrado así siglos antes y que lo importante era la deferencia con que el rey les había tratado, respetando credos y propiedades. La paz tenía su precio, y ellos bien podían adorar a su Dios desde otras mezquitas de la ciudad.

Tras una larga y complicada discusión, le comisionaron para hablar con el rey.

Alfonso estaba realmente enfadado y malhumorado. No quería recibir a nadie, y menos a un enviado de los musulmanes que, seguro que pretendía recriminarle lo ocurrido y exigirle el cumplimiento de su palabra. Eso significaba devolver la catedral a los infieles.

Abu-Walid estaba desesperado. Había luchado mucho por conseguir una entrega pacífica de la ciudad como para ahora despertar el rencor entre etnias que, seguro, no traería nada bueno para ellos.

Insistió al mayordomo del rey para conseguir su audiencia, ofreciéndole que, si no quedaba satisfecho, entregaría su vida al verdugo.

- ¡Muy seguro estás de agradarme, a fe mía!, le dijo el rey cuando estuvo ante su presencia. ¡Habla rápido o encomiéndate a tu Dios!

- Mi señor, dijo el Alfaquí. Bien sabe Alá que sólo me mueve el respeto que os profeso y el amor que siento por todos los ciudadanos de Toledo, y por su bienestar.

Cierto es que la afrenta ha sido grande, y más grande aún la vileza de osar desobedecer vuestros deseos. No seré yo el que vaya contra vuestra voluntad. Vuestra justicia es grande.

Pero precisamente por la devoción que sentimos por vos, no sólo yo, sino toda la población musulmana de esta ciudad, deseamos que la historia os recuerde como un rey firme, pero bondadoso, conocido por sus conquistas y por su magnanimidad.

Vos fuisteis quien, concediéndonos mantener nuestro culto y patrimonio, convirtió Toledo en la ciudad pacífica y tolerante que es ahora. Os pido entonces que un edificio no nos separe de nuevo.

La toma por la fuerza de nuestra mezquita no estuvo bien, pero nosotros podemos orar en otros lugares y vuestros correligionarios piden a gritos una catedral. No ha habido derramamiento de sangre. ¡No la haya ahora! Quedaos con la catedral, sed una vez más generoso y perdonad a vuestros súbditos que cegados por la fe os desobedecieron, y volvamos a convivir en paz bajo vuestra protección.

Alfonso se levantó y, tomando por los hombros a Abu-Walid le dijo:

- Eres un hombre sabio. No sé el motivo por el que la historia me *recordará, pero tú serás perpetuado por ser un hombre justo, pacífico y generoso. Y la memoria de Toledo te guardará donde te mereces.*

¡Liberad a los reos!, ordeno a su guardia...

Esta historia se guardó en los corazones de los toledanos, generación tras generación. Tal es así que doscientos años después, cuando se construyó el altar mayor de la Catedral, se otorgó un lugar privilegiado al Alfaquí de Toledo, Abu-Walid, en uno de los pilares, tras la epístola..."

Acabada la historia, el anciano se levantó y se despidió de mí con un "icon Dios, alhaja!, icorre o te mojarás!". Y se dirigió hacia la calle Alfonso X el sabio.

Cuando iba a doblar la esquina, me levanté y corrí hacia él.

- ¡Perdone! He sido un descortés. Ni siquiera le he dado las gracias por esta tarde tan especial. ¡Y ni siquiera conozco su nombre!

Me miró y sonrió enigmáticamente. ¡Llámame Toledo!, me dijo.

En ese instante sonó un trueno a mi espalda que me estremeció y me hizo girar la cabeza. Unas nubes negras habían cargado el cielo y grandes goterones caían sobre la calle.

Me volví hacia el hombrecillo pero, ¡había desaparecido! Se había disuelto como un azucarillo en el agua.

Corrí empapado hacia mi hotel, muy cercano a la catedral. Dormí de un tirón, metido en sueños de caballeros y adalides, con la idea de madrugar y estar a primera hora buscando al Alfaquí de Toledo en el retablo. Pero dos horas antes del amanecer, algo me despertó. Era como un canto que venía de la catedral. Me vestí rápidamente y fui hacia su plaza. El sonido había cesado pero, para mi sorpresa, la catedral estaba abierta. Entré. La oscuridad lo cubría todo, excepto una parte del altar mayor. Allí, a la izquierda, en la columna que sostiene el ábside lo vi. Era Abu-Walid, el Alfaquí de Toledo.

No sé si fue realidad o sugestión, el caso es que me pareció que me miraba y sonreía. Sonreía con la misma sonrisa enigmática con la que se despidió el abuelo la tarde anterior.

Me senté en un banco y creo que me quedé dormido.

Desperté en hotel. Estaba claro, había sido un sueño...

O tal vez no: llevaba puestos la camiseta y los pantalones con las que, ¿en mi fantasía?, había entrado en la Catedral..."

LAS LÁGRIMAS DE SAN LORENZO

No hay momento más agradable en el año que pasar la noche del diez de Agosto al lado de la persona a la que amas y lanzar al cielo un deseo cuando una estrella fugaz aparezca.

Son las Perseidas, que realmente son meteoros que provienen de la constelación de Perseo, de ahí su nombre.

Aunque no es la lluvia de meteoros más abundante del año, sí es la más notoria, al poder verse en el hemisferio norte de la Tierra y en verano.

Es la ocasión de pedir un deseo por cada estrella que veas.

Y me recuerda una canción de mi juventud:

"...El nombre de las estrellas saber quería

y un beso en cada nombre yo le pedía
Que noche aquella que noche aquella

en que invente mil nombres a cada estrella..."

Al final, esto de las estrellas tiene mucho que ver con los anhelos de cada uno y, por lo tanto, también con las penas y las alegrías. Si juntamos esto con la fecha de las Perseidas -10 de Agosto, San Lorenzo- encontramos la explicación del nombre más popular.

Aunque personalmente, a mí me gusta más la razón que una vez me contó mi madrina, hace ya tiempo...

"Lorenzo nació en Huesca en el año doscientos y pico.

En aquel entonces, esta ciudad no era lo que es ahora, pero sí tenía su importancia. Sus habitantes eran ciudadanos romanos de pleno derecho. Su labor principal era la agricultura, como en casi todos los pueblos de la época pero, además, también se dedicaba a la acuñación de denarios para el imperio, labor muy importante y desempeñada sólo por municipios muy leales.

Desde los primeros tiempos del cristianismo, ya surgieron muchos adeptos a esta religión en la villa, implantándose poco a poco en el corazón de sus habitantes.

Lorenzo desde pequeño vivió en un hogar acomodado, donde su padre dirigía las labores campesinas de sus terrenos, y su madre gestionaba su herencia con austeridad y generosidad hacia los menesterosos, siguiendo las recomendaciones de su culto.

Pasaron los años, y llegó al poder de Roma un tal Valeriano, que aunque no era general romano, no dudó de enfrascarse en guerras internas hasta que consiguió que las legiones romanas le nombraran emperador.

La verdad es que con tanta guerra interna y tanta defensa de la frontera contra los bárbaros, las arcas romanas estaban "más vacías que la panza de un pobre", y juntó a sus consejeros para ver de dónde sacar más dinero con el que pagar a sus tropas.

Uno le sugirió que subiera los impuestos, pero Valeriano temía que la *clase alta de Roma, de la que provenía, se alzara contra él.*

Otro le recomendó licenciar parte de sus legiones y, con el dinero que se ahorraran, poder pagar a los restantes, pero el emperador no deseaba reducir lo que realmente le había llevado al poder: la fuerza.

Por último, se le acercó el viejo Marcio Severo. Este personaje había llegado a consejero a base de mentiras y conspiraciones, sin que le temblara el pulso ante nada ni nadie que pudiera ensombrecer su poder.

- ¡Oh emperador!, dijo con una sonrisa cínica mientras retorcía sus huesudas manos. Bien haces en no aceptar los consejos de estos ineptos, que te llevarían al desastre. Sin embargo, yo te voy a dar solución a tus problemas. Me he enterado que los cristianos, a los que permites campar a sus anchas por tu imperio, entregan a sus dirigentes sus riquezas para compartirlas entre todos, y esconden esos tesoros en sus cementerios. De esta forma, tus recaudadores no pueden obtener lo que necesitas. ¡Ahí tienes la fuente que requieres! Además, prosiguió, siempre

han criticado la distribución de la riqueza que tú con gran criterio decides, creando malestar entre el pueblo. ¡Un día vamos a tener problemas con ellos, como ya los tuvo Nerón! ¡Persíguelos, despójalos de sus bienes y mantén tu gobierno fuerte ante tus enemigos!

Valeriano no lo dudó. Era cierto que los cristianos eran un grupo bastante incómodo, con esas ideas de paz e igualdad entre los hombres. Además, eran inofensivos ya que evitaban cualquier violencia.

- ¡Que vengan mis escribas!, ordenó. Proclamo un edicto de persecución los cristianos. Prohíbo el culto y las reuniones, y confisco sus cementerios y todo lo que en ellos haya.

Por aquel entonces, Sixto, un importante obispo de la iglesia estaba predicando por Huesca. Allí se hospedaba en la casa familiar de Lorenzo, del que quedó cautivado por su bondad y laboriosidad. Cuando Sixto se enteró del edicto del emperador, se apresuró a marchar a Roma y pidió a Lorenzo que lo acompañase. Con la bendición de sus padres, marcharon a Roma.

Una vez en la ciudad eterna, conocieron de primera mano las medidas del emperador. La represión era brutal. Numerosos sacerdotes y obispos fueron condenados a muerte, y los nobles y senadores cercanos a los cristianos, perdían sus bienes y eran enviados al exilio.

Uno de los primeros en caer fue el papa Esteban. Rápidamente se reunieron los obispos en la clandestinidad y eligieron una nueva cabeza de la Iglesia: El nuevo papa sería Sixto. Y éste nombró a Lorenzo diácono, nombre que los cristianos daban a los servidores de la comunidad.

Pero los brazos del odio y de la ambición son largos, y estando celebrando Sixto una misa, fue apresado y tras un juicio sumarísimo, condenado a muerte. Lorenzo acudió a la cárcel a consolarle y, allí, el papa le encomendó el cuidado de los tesoros de la Iglesia.

La leyenda narra que entre ellos se encontraba el santo Grial, la copa que utilizó Jesús en la última cena, y que consiguió mandarla a escondidas hacia Huesca, dónde empezó su peregrinar...

¡Pero esa es otra historia! Volvamos con Lorenzo.

En las cárceles hay ojos y oídos para todo, y rápidamente llegó a Valeriano que había una persona que guardaba las riquezas de los cristianos. Como era de esperar, Lorenzo fue apresado y llevado a la presencia del emperador, que le exhortó a que le entregara los bienes. Lorenzo pidió tres días para reunirlos y entregarlos.

Al tercer día, se presentó ante Valeriano con una multitud de pobres, huérfanos y enfermos.

- Me pediste los tesoros de la Iglesia, pues bien, aquí los tienes: Todos los desheredados de la Tierra.

En ese momento Marcio Severo, temiendo, que al no conseguir el preciado dinero, la ira del emperador descargara sobre él, se adelantó a todos y lleno de rencor dijo: "¿Esto qué es? ¿Osas burlarte de tu señor? ¡Démosle tormento hasta que hable!".

Y así fue. A la noche siguiente prepararon una gran hoguera de leña y carbón, hasta que se hicieron brasas. Colocaron una parrilla encima y, sobre ella, a Lorenzo. El olor a carne quemada era espantoso y los sufrimientos del torturado indescriptibles. Aun así, cuando llevaba un rato sobre la pira, miró a los ojos de sus verdugos y les dijo: "Ya estoy hecho por este lado, es el momento de darme la vuelta".

No aguantó mucho más. Pronto expiró. Y entonces surgió el milagro. Las lágrimas que por el dolor habían resbalado por la cara de Lorenzo, se alzaron sobre los presentes y se elevaron hacia el cielo brillando sobre la oscura noche. Era tal la velocidad, que dejaban una estela luminosa tras de sí como si fuera una lluvia de estrellas.

Era 10 de Agosto del año 258. Desde entonces, y han pasado ya cientos de años, esa noche volvemos a ver la lluvia luminosa de estrellas, que aunque los astrónomos digan que es un fenómeno explicable y milenario, nosotros sabemos la verdad: Son las lágrimas de San Lorenzo que nos recuerdan su martirio y la verdadera vocación de la Iglesia, tal vez en parte ya olvidada."

LA GUITARRA

Recuerdo la imagen de mi padre cantando con voz potente, de tenor. Nos contaba que de joven se presentó a un programa de radio de esos de la época en los que buscaban talentos nuevos.

No se convirtió en un exitoso cantante, pero le gustaba entonar algo siempre que podía, sentado en una silla y acompañándose de una vieja guitarra.

Con el paso de los años, y uniendo esa imagen al espíritu rockero de mi adolescencia, siempre deseé –y en ello estamos– ser capaz de tocar ese instrumento.

Miro ahora esa vieja guitarra que aún perdura, colocada cerca de la chimenea, y me recuerda cuando le pregunté a mi padre quién la inventó, y así me decía...

"Muchas y variadas son las historias que recrean el origen de la guitarra: Que si en Sumeria; que si los griegos o los romanos; que si realmente fueron los árabes… Pero a mí, la que más me gusta es una leyenda hindú sobre su creación:

Cuentan los ancianos que, hace mucho, mucho tiempo, en el oeste de la actual India, casi en la frontera con Pakistán, había una ciudad próspera, Shirashne. Esta ciudad vivía del comercio de telas y especias. Estaba gobernada por el poderoso Sahasya, respetado por sus conciudadanos por ser un hombre justo que regía la localidad con inteligencia, justicia y generosidad.

Sahasya tenía varios hijos e hijas, pero entre todos, destacaba Lalima, bella como ninguna, y famosa por su hermosa voz. Tal era su reconocimiento, que príncipes de toda la India acudían a cortejarla, cautivados por sus encantos.

Lalima mantenía un amor secreto con Rasul, un joven poeta que, entre verso y verso, dedicaba su tiempo en conseguir el instrumento perfecto para acompañar la bellísima voz de su amada Lalima. Pensaba que, sólo con la pasión que proporciona el amor, se podría fabricar algo digno de ella.

La fama de Lalima era tal, que llegó a los oídos del dios Shiva, el destructor, que se encaprichó de la joven. Shiva adoptó cientos de formas para intentar seducir a Lalima, pero ésta, fiel al amor que sentía por Rasul, siempre rechazaba sus propuestas.

Un día, la obsesión de Shiva llegó a oídos de su mujer, Cali que, ciega de celos, fulminó con un rayo a Lalima, muriendo en el acto.

Los funerales que organizó el gobernador por su hija aún se recuerdan. Muchos fueron los epitafios que se escribieron para la joven, pero de entre todos ellos, había uno que, por su profundo sentimiento, desgarrador y melancólico, resaltaba sobre los demás llenando de una triste belleza el corazón de quien lo escuchaba:

*"Amor que vas y vienes
jilguero que en mi te posas.
Sin oírla, a mi llamada acudes
y, sin saberlo, al posarte,
ya en mi corazón te alojas.*

*En mi espíritu anidaste,
tu belleza fue un regalo,
y tu corazón tan grande
hizo de mí algo hermoso.*

Pero en invierno te fuiste,

y mi nido quedó sólo.
Amalgama de ramas muertas
que, sin ti, no valen nada...
Mi alma, triste, ya sólo es un oscuro pozo.

¡Maldigo a los dioses clementes!
que tu vuelo me donaron,
y que jugando conmigo
mi corazón te entregaron.

¡Y maldigo a los terribles dioses!
que de mi te arrebataron,
dejando mi alma yerma
y mi mundo desolado.

Nada queda ya sin ti,
ya no hay nadie a quien amar.
No habrá más poemas bellos
ni canciones que cantar.

Tú no estás, tú ya te fuiste...
y mi corazón...
mi corazón muerto está."

También se recuerda al joven poeta que lloraba desconsolado a los pies del túmulo de Lalima. Su desconsuelo no parecía tener límite, como si un dolor desgarrador le destrozara por dentro.

Pero la venganza de los dioses es terrible, y Cali, no contenta con eso, deseó que la ciudad de Shirashne nunca más pudiera dar una belleza como la de la joven. Y, para ello, mandó la desgracia, sumiéndola en una brutal sequía, que llevó a sacar a la ciudad de las rutas de las caravanas, acabando con su prosperidad.

Día a día, mes tras mes, los habitantes emigraron a otros lugares mejores y la ciudad fue desapareciendo. Hasta el gobernador decidió buscar comarcas más prósperas.

Pero antes de abandonar Shirashne, Sahasya construyó, con el último dinero que le quedaba, un mausoleo en honor a su hija que consagró a Kama, dios del amor.

En poco tiempo, el olvido rodeó todo, pero a pesar de la decadencia de los edificios, aún resaltaba la belleza del mausoleo de Lalima al que, día a día, mes tras mes, acudía Rasul para recordar a su amada.

Y el dios Kama, entristecido al verle añorando a su amor, se apiadó de él e invocó a su madre, la diosa de la fortuna, Lakshmi, y le pidió que hiciera algo por ese hombre tan infeliz.

Lakshmi, voluble como la fortuna, pero madre al fin y al cabo, pidió ayuda al dios mono Hanuman que era, a su vez, protector de la música.

Hanuman entró en los sueños de Rasul, que vivía atormentado por la ausencia de Lalima y con el dolor de no haber sido capaz de encontrar en vida el acompañamiento ideal para la voz de su amada...

Y lo vio claro: Hizo crecer un cedro al lado del mausoleo. Fundió la verja y creó las más finas cuerdas de acero. Y recordando el cuerpo de Lalima, dio forma a un instrumento nuevo, al que llamó "sitar", que dejó al lado de la cama de Rasul.

Al despertar, éste encontró, extrañado, el regalo que Hanuman le había dejado. Rasgó sus cuerdas y, emocionado, corrió al mausoleo a mostrárselo al espíritu de su amada.

Frente a su imagen, y con uno de sus poemas más apasionados, creó la canción más bella que nunca se había oído antes y que, al tocarla con el nuevo instrumento, sonaba como si Lalima cantara de nuevo. Por fin algo digno de la belleza de su amor, capaz de conjugar la pasión y la dulzura, la música y la poesía, y con el sonido más bello que el punteo de unas cuerdas o el rasgar de un acorde habían producido jamás.

Y, por ello, Rasul denominó al sitar con el nombre de mujer con el que nos ha llegado a nuestros días, "guitarra", palabra que proviene de la raíz "gu?t", que produjo la palabra guitá: 'canción', y la raíz "tar", que significa 'cuerda' o 'acorde'.

Y con esas dos palabras unió, de la manera más bella posible, el recuerdo de su amada, Lalima, la forma de su cuerpo, el sonido de su voz y el regalo de sus canciones que, una vez, le hicieron feliz."

LAS SEVILLANAS

Durante mi adolescencia mis padres solían compartir tardes con un matrimonio andaluz, a la sazón, él compañero de profesión de mi padre y ella ama de casa.

Se llamaban Manuel y Loli, y no habían disfrutado de la suerte de tener hijos. Quizá por ello, nos trataban como a sus sobrinos – esos que el diablo te da cuando Dios te niega los hijos-.

Loli era una sevillana muy graciosa, puede que por el acento, o puede por sus ocurrencias continuas, sacadas de un tratado de cine español de la postguerra. A mí me llamaba con el diminutivo de mi nombre, aunque nunca conseguí entender nada más allá del "...gelito". Puede parecer un tópico, pero se comía letras y sílabas enteras. Tal vez por eso estaba más bien entrada en carnes.

Tenía predilección por el gazpacho, que traía con frecuencia. ¡Lo cargaba de ajo hasta decir basta! Ella se defendía indicando que le daba gracia a la sopa, y yo siempre le replicaba que con tanto ajo ninguna chica se acercaría a mí.

¡Ay gelito!, me decía. ¡que poco sabes de mujeres!. Yo te enseño a bailar sevillanas y te las llevas de calle cuando quieras, hayas tomado ajo o no. No hay que cosa que más guste a una chica que un hombre guapetón que sepa bailar... Y las sevillanas son lo máximo del baile. Tiene sus requiebros, sus lances. Es un cortejo como Dios manda.

Y en una de esas divertidas discusiones sobre mujeres y hombres, me contó la siguiente historia:

"Dicen, que las sevillanas cuentan una historia de amor que se va desarrollando en el transcurso de sus coplas. Esta historia tuvo lugar hace ya muchos años, cuando ni siquiera existían como tal.

Parece ser, que a mediados del siglo XVII, tuvieron lugar en Sevilla unas fuertes inundaciones que dejaron a la ciudad anegada y sin recursos. La consecuencia inmediata no pudo ser peor: Apareció la temida peste.

Barrio a barrio, casa a casa, la infección se hizo dueña y señora de la localidad, sin distinguir entre ricos y pobres, jóvenes y viejos. En pocas semanas, la mitad de la población estaba afectada y la mortandad llenaba las calles de carros de cadáveres a la espera de poderlos enterrar.

Reinaba por aquél entonces Felipe IV, rey dueño del más vasto imperio del momento, pero despreocupado del bienestar de sus súbditos. Su único interés era que el mal no llegara a la corte, prohibiendo la entrada de mercancías originarias de Sevilla. Aun así, ante la insistencia de sus consejeros, aceptó en enviar una comisión de médicos para que intentaran, ya no sanar, si no evitar que la peste se extendiera.

Entre ese grupo, se encontraba el joven Diego, gentilhombre de cuna venida a menos, que por aquel entonces intentaba en Alcalá adquirir los conocimientos de la naturaleza humana con los que poder desarrollar su vocación sanadora.

La llegada a Sevilla fue impactante. Casas cerradas a cal y canto, hogueras con restos de enseres de enfermos, cadáveres amontonados en fosas comunes y con una fina capa de cal sobre ellos.

El equipo médico se aposentó cerca del Hospital de la Sangre, en el barrio de la Macarena. Diego comenzó a trabajar en las salas de los afectados, intentando paliar su sufrimiento y luchando contra una enfermedad sin cura entonces. Le acompañaba un grupo de mujeres, que no manifestaron los efectos de la peste. Entre ellas se encontraba Carmen, una joven sevillana que había perdido ya a su padre y a cuatro de sus hermanos.

Entre Carmen y Diego pronto saltó la chispa que incendia los corazones. Se miraban de lejos sin atrever a dirigirse la palabra –estaba mal visto que un joven hablara con una chica directamente sin mediar un contacto previo con su familia– y, si sus miradas coincidían, el calor subía a los pómulos de Carmen y una sonrisa boba afloraba en la cara de Diego.

Pasaron varias semanas y, ¡por fin!, la epidemia de peste remitió, dejando la población de Sevilla reducida a la mitad.

El alcalde de Sevilla decretó tres días de luto por los fallecidos, pero la vida continúa, y con el fin de paliar el dolor de sus conciudadanos, tras el luto, estableció una novena a la Virgen por haber apartado ya el mal de la ciudad y ¡tres días de fiesta! Para celebrar el fin de la peste.

Ante la llamada de los festejos acudió un pícaro músico llamado Manuel, que intentaría sacar provecho del momento tocando en las plazas para amenizar los bailes.

Por aquel entonces, era muy popular un son llamado seguidillas castellanas, que se cantaban y bailaban en ferias y celebraciones. Y, con esas, en la plaza de la Iglesia de Santa Ana, se acomodó Manuel para ver cómo se le daba el tema.

Llegó la primera noche, con la plaza iluminada con antorchas y engalanada en lo posible. En el centro, una tarima de madera donde poder bailar. A un lado, Manuel y otros músicos, tocando canciones alegres y animando al baile.

Diego apareció por una esquina de la iglesia. Dominaba las seguidillas y se acercó por detrás a una joven que reía junto a otras para pedirle que le acompañara. Cuando ella se giró, Diego se quedó sin habla. ¡Era Carmen! Sus miradas se dijeron todo, pero sus bocas eran incapaces de soltar palabra alguna. Él cogió su mano y, tartamudeando, le rogó que bailara con él esa pieza. Carmen bajó la mirada pero le acompañó al tablao.

Diego se mostraba galán, mientras Carmen bailaba coqueteando, fingiendo huirle. Al momento, se miraron. Los ojos de la joven le gritaban "mírame a los ojos, que mis ojos hablan solos", mientras los de él le respondían "aquí me tienes". Poco a poco llegó el primer acercamiento, pasando los dos muy cerca uno del otro, y al acabar la copla, Diego marcó ligeramente el talle de Carmen mientras sus caras quedaban enfrentadas. Al notar el aliento de Diego tan cerca, y el roce de su mano en su cintura, Carmen salió corriendo, dejando al joven en el centro de la tarima, tan sorprendido como esperanzado.

A la mañana siguiente Manuel, recordando lo que vio la noche anterior, cantaba "Mírala cara a cara que es la primera... y la vas seduciendo a tu manera..."

La segunda noche Diego se acercó de nuevo a la plaza a la misma hora. Desde luego, esta vez Carmen no se escaparía. ¡Tenía que decirle tantas cosas!

Allí estaba, en el tablao, mirándole fijamente con una sonrisa que, en el fondo, transmitía una petición de perdón por la huida anterior.

Y comenzó una seguidilla.

No se hablaron. Tan sólo se miraron. Tras unos primeros pasos de flirteo, Diego inició un disimulo como si hiciera de menos a su pareja y buscara algo en la de al lado. Sin embargo, cuando Carmen empezaba a enojarse, rectificó y, tras una vuelta sobre ti mismo, fijó su mirada, de nuevo, en la persona que le interesaba. Ambos pararon e iniciaron un baile en el sitio. Y, a continuación, iniciaron una danza alrededor uno del otro hasta que, al final de la copla, y mirándole fijamente a los ojos, Carmen permitió que Diego la tomara por la cintura y sus mejillas casi se rozaran.

El tiempo se paró para los dos. Ya sólo estaban ellos en el centro de la tarima, rodeados de gente, sí, pero para ambos sólo existía el otro.

Pero ¡ay! El hombre es un animal de errores. Y el joven quiso devolverle la afrenta a Carmen. Fríamente dio media vuelta y... se fue.

Manuel no perdía ripio. Le gustaba la forma en que la pareja interpretaba sus canciones, ¡y sobre todo la manera en cómo se desarrollaba la escena! A la mañana siguiente ya tenía una nueva estrofa: "Mírala cara a cara que es la segunda... cógela por el talle, las caras juntas..."

Llegó la tercera noche. Diego no había dormido bien. Se había dejado llevar por su orgullo y pensaba que habría perdido a la mujer que quería.

Se dirigió por tercera vez a la plaza de la iglesia, pero no veía a Carmen. La buscó entre la gente que se concentraba allí. Incluso preguntó a las chicas que la acompañaban la primera noche. Nadie sabía de ella.

Apesadumbrado, decidió abandonar la plaza en dirección a su alojamiento. Mientras atravesaba el tablao, una nueva música empezó a sonar. Era Manuel, que había visto un movimiento... Sí. Carmen había aparecido y se dirigía hacia Diego. Tocó su espalda y le miró, entre enfadada y anhelante.

Parecía que se había roto el hechizo. Al ritmo de la música y a la vez que bailaban, comenzaron los reproches: "¿Por qué te fuiste ayer?... ¿Y tú la otra noche?..." Giraban sobre sí mismos como si marcaran su territorio, para acabar con unos fuertes zapateados llenos de rabia.

Pero si algo tienen los jóvenes, y el Amor, es la capacidad de perdonarlo todo. Volvió de nuevo la fascinación y todo quedó atrás. Otra vez se acercaron como si marcaran de nuevo el terreno, pero, esta vez, ya lo marcaban juntos. Un giro más y otro "cara a cara". ¡No hay nada como las reconciliaciones!, pensaba Manuel. Y mientras canturreba: "Mírala cara a cara que es la tercera... y veras con que gracia te zapatea..."

Esta vez ninguno se movió. Y se inició una nueva copla.

Había llegado la calma a sus corazones, el encuentro, la aceptación del otro, la reconciliación. Giraban y se miraban a la vez que se pedían perdón. La distancia entre los dos era cada vez menor. Volvían a disfrutar del arte de la fascinación. Se lanzaban uno hacia otro, se esquivaban con una sonrisa, se enfrentaban de nuevo... Y, por último, cuatro "cara a cara", cuatro juegos entre ellos, cuatro cruces de miradas que lo decían todo, para acabar con Carmen en los brazos de Diego. Manuel, cantaba con entusiasmo "En la cuarta los lances definitivos...que se sienta en su vuelo pájaro herido..."

Nadie en Sevilla olvidó a estos jóvenes. Ni estos bailes, ni esta música, ni estas letras.

Desde entonces, las Sevillanas son como las conocemos ahora."

- ¡Vale Loli!, como cuento está bien, le dije, pero esas sevillanas que comentas son de "Los Romeros de la Puebla", y las compuso uno de sus miembros: José Manuel Moya

- ¡Ay gelito!, me contestó. ¡Que poco sabes de la vida y del corazón! Seguro que Moya y sus Romeros compusieron esa sevillana, pero no tengas duda alguna que, en otro tiempo y en otro lugar, una Carmen y un Diego cualquiera, elevaron estos sones a la más grande muestra de cortejo y de amor...

EL NIÑO PEDRÍN

Hay algo fascinante en los pueblos antiguos: Todos tienen sus historias, sus misterios, sus leyendas negras.

Estas fábulas ayudan a explicar lo inexplicable, e incluso a arraigar a sus gentes a las poblaciones de las que son origen. Toledo, Sevilla, Madrid, Cuenca,..., en fin, todas y cada una de ellas llenan su imaginario popular de cuentos que nos narran su creación, sus edificios, sus calles...

San Lorenzo de El Escorial no iba a ser menos, por supuesto. Si ya el Monasterio en sí ha llenado cientos de folios de mitos respecto a su ubicación, su construcción, su diseño y sus arquitectos, la localidad no se queda atrás en estos asuntos.

Tal vez sea por sus orígenes, allá por el siglo XI, fruto de una repoblación espontánea de gentes venidas de la zona vasco-navarra, lugar rico en historias de brujería y fenómenos extraños, o bien porque donde se encuentra, en plena serranía del Guadarrama, con épocas del año con nieve, frío y fuerte viento, muy dadas a no salir de casa y, al calor de la chimenea, surgen historias...

Como la que mi abuelo me contó un frío día de finales de diciembre:

"*Pedrín era un niño alegre que vivía en San Lorenzo de El escorial allá por los finales del siglo XIX.*

Era el segundo de 3 hermanos, todos chicos. Su padre trabajaba fabricando carbón en las laderas del monte, que luego vendía por la zona. Su madre ganaba algunas monedas como lavandera de los frailes del Monasterio. Él estudiaba en el colegio del Monasterio, y ayudaba como monaguillo en las misas. De esta manera podía colaborar con su familia con las propinas que los feligreses le daban.

Pedrín habría sido un niño más de los que habitaban la sierra de Madrid a no ser por lo que ocurrió en la Navidad de 1892...

Había finalizado la misa del 25 de Diciembre, y se dirigía a su casa, cerca de la Puerta del Romeral, en los comienzos del Monte Abantos. Era invierno y había nevado, pero el día era soleado y Pedro decidió dar una vuelta entre los pinos antes de llegar a casa. Siempre le había gustado el sonido del aire entre las ramas y cómo crujía la nieve al pisarla. Le hacía sentirse feliz y seguro.

Pero algo empezó a ir mal. La Naturaleza es sorprendente y cambia sin avisar y, de repente, unas nubes negras aparecieron por el pico y un fuerte viento comenzó a soplar. En cuestión de segundos, la nieve comenzó a caer con ganas. Los sonidos ya no eran suaves y acariciadores. Se habían vuelto amenazantes. Y la luz había casi desaparecido.

El frío le atenazaba las piernas y la nieve, cada vez más intensa, le hacía difícil avanzar. El viento sonaba como un silbido agudo que le helaba la sangre. Y ya no sabía si era sugestión o no, pero empezó a oír crujidos tras de él.

Pedrín sintió miedo, y eso le permitió echar a correr todo lo rápido que daban *sus piernas de niño. Empezó a escuchar algo así como una voz fantasmagórica que repetía su nombre: "¡Pedrín, Pedrín…!" y, a pesar de marchar muy deprisa, los ruidos de ramas rotas y pisadas estaban cada vez más cerca.*

Tropezó y cayó. Al volverse para levantarse, vio con terror cómo una sombra se le abalanzaba...

Cuando comenzó a anochecer, su madre, al ver que no llegaba, se alarmó. Muchas veces Pedrín se retrasaba, pero siempre llegaba antes de la caída del sol. Avisó a su marido de la desaparición del niño, que rápidamente se acercó al cuartel de la Guardia Civil para denunciar su extravío. Era ya de noche y el tiempo horrible, aun así se dio una primera batida sin éxito. A la mañana siguiente, los Guardias y los vecinos se organizaron para buscarlo. Pasaban los días, y a medida que transcurría el tiempo la esperanza de encontrarlo con vida se desvanecía. A la semana, dieron por finalizada la búsqueda. Los padres y hermanos quedaron desolados. Pedrín tenía ocho años.

Pasó el tiempo. Ese invierno no fue especialmente duro pero no se encontró rastro alguno del pequeño. Y empezaron las fábulas... Un inquietante rumor corría por las calles de San Lorenzo: El diablo en persona había provocado el cambio del tiempo y se había abalanzado sobre Pedrín para llevárselo con él. Esa era su venganza por construir un templo dedicado a Dios sobre una de las puertas del infierno...

Pero lo sobrenatural no siempre es la explicación a lo desconocido. El 10 de Febrero de 1893, unas horas después del mediodía, unos cazadores furtivos, a la vez guardas de la zona, hallaron el cadáver de un niño entre la maleza del monte. Ellos también habían participado en la búsqueda unos meses antes, por lo que pensaron que podrían ser los restos de Pedrín. El estado del cadáver era lamentable, con aspecto de que alguien - o algo- se había ensañado con él.

Avisaron a las autoridades y a los padres, que dieron cristiana sepultura a su hijo. Los especialistas de la época determinaron que el niño había permanecido atado de pies y manos, violado y luego asesinado. El ayuntamiento decidió erigir una cruz en el lugar dónde le encontraron, y para no olvidar lo ocurrido, y como aviso para otras personas, grabaron la siguiente inscripción: "El 10 de febrero de 1893 fue hallado en este sitio el cadáver del desgraciado niño Pedrín Bravo y Bravo víctima de brutal salvajísimo".

Sí. Así versaba: "salvajísimo", aludiendo a los daños que el pobre sufrió.

Pero la historia de Pedrín no acaba ahí.

En vista del estado del cadáver, la Guardia Civil reinició sus pesquisas. Había que encontrar el causante de tales destrozos.

Como en muchas ocasiones, las taras físicas y mentales ayudan a que la superstición de los pueblos a encontrar culpables entre los que las padecen.

Por aquella época residía en el pueblo un individuo conocido como "El chato de El Escorial". Era mal parecido y padecía epilepsia. Además había sido acusado anteriormente del intento de violación de dos jóvenes. Ya disponíamos de asesino y de móvil: la lujuria.

Se le interrogó de la manera en la que se hacían los interrogatorios en el

72

siglo XIX, tanto a él como a su familia. Pero no se pudo probar nada. "El chato" no dejaba de gritar "¡Soy inocente!". Aun así, fue juzgado y condenado a cadena perpetua. Su enfermedad le salvó del garrote.

Veintitrés años después, y tras quedar ciego en la cárcel, fue puesto en libertad. Y hasta su muerte siempre negó el crimen: "¡Yo no fui, soy inocente!". El crimen tuvo trascendencia y prensa, y hasta el conocido escritor, periodista y cronista de Madrid, Emilio Carrére escribió un artículo titulado "El chato de El Escorial", del que te leeré algunas partes:

"El Chato" es alto, flaco y recio, tostado como un haz de sarmientos. Sus manos enormes son las zarpas faunescas que atarazaron la mancillada carne del niño Pedrín. La nariz se aplasta sobre el rostro terrizo, donde bajo unas cejas terribles hay unos ojos muertos. Porque "el Chato del El Escorial" se ha quedado ciego en el presidio. Este dolor tremendo de la eterna sombra estremece como la evidencia de una justicia misteriosa.

Estos ojos muertos son negros y fulgurantes; miran sin ver, de un modo zurdo y feroz. Su voz áspera suplica la caridad del viandante y su mano presenta un platillo de latón.

La gente pasa indiferente junto a este trágico perfil; nadie le conoce ya; el crimen horroroso está olvidado. Ahora es un pobre mendigo ciego, un terrible fantasma expiatorio, la sombra que vuelve del fondo espantable de aquella pesadilla de sangre y lujuria.

La ley ha perdonado, y nosotros sólo piedad debemos mostrar al asesino, con un amor sincero y franciscano. Dios le ha arrancado la luz de los ojos, y el pan que se come es el mendrugo de la caridad. Este hombre está demasiado bien castigado.

Ahora, ¿"el Chato" fue el asesino del niño Pedrín? Esto tal vez no esté bien esclarecido.

-¡Yo no fui!... ¡Yo no fui!... Cuando me lo entregaron ya estaba muerto- gritaba el miserable en un aullido de fiera maltratada.

...

"El Chato" no acusó a nadie durante el proceso. Cuando el aspecto del patíbulo se alzó ante sus ojos, que aún veían, y ante su agreste juventud, fulminó acusaciones terribles que se creyeron palabras de un loco. Hubiera sido un tremendo escándalo que fuesen palabras de cuerdo. "El Chato" se salvaba del garrote por *loco, porque estaba atarazado por el espantoso mal de la epilepsia. Su voz era una voz sin eco.*

Veintitrés años vivió en la brigada del penal, donde se quedó ciego por los viscosos y absurdos amores solitarios. No supo del dulzor de unos labios femeninos hasta que salió del presidio este mozallón fuerte, de un sensualismo montaraz.

...

¡Veintitrés años de presidio pesan sobre el cerebro como una gigantesca mano de plomo! La ceguera y la indigencia hacen olvidar aquella monstruosa hora de lujuria y de ferocidad sanguinaria, y la sociedad ofrece su mano a este héroe de tragedia bárbara, pobre alma paralítica y menguado cerebro atarazado por el tremendo mal de la locura. Y loco sigue tal vez cuando, el evocarle aquella hora siniestra, repite como poseído por una pesadilla:

—¡Los frailes! ¡Fueron los frailes!"

Nunca sabremos la verdad del asesinato, pero muchos paseantes dicen que, en las claras noches de luna llena, han encontrado a lo lejos un niño perdido por los caminos del monte Abantos, que llora llamando a sus padres. Nadie lo ha podido ver de cerca, ya que cuando se aproximan al lugar dónde está, sólo encuentran la fría piedra de una vieja cruz.

EL CUARTO DE LOS TRASTOS VIEJOS

Todas las casas antiguas tienen un olor especial. Tal vez sea el polvo acumulado a lo largo de los años, a pesar de la limpieza; o el aroma que sus habitantes impregnan en el ambiente... Yo prefiero creer que es más bien la fragancia que dejan en tu memoria los recuerdos que te ligan a ellas.

Y ligados a esos olores, están las estancias donde una, o mil veces, disfrutaste del calor y del amor de las personas que te han importado.

Recordando esos viejos lugares de infancia, me viene a la memoria una historia...

"Al pequeño Luís, Luisito o "Sitín" para la familia, siempre le encantó ir a la casa de su tía-abuela Juana, en Cuenca. La tía Juana era una de las hermanas de su abuela Margarita. Ambas vivían puerta con puerta, en un viejo barrio de la

capital, en la calle del General Santa Coloma.

Sitín iba todos los años a Cuenca en dos ocasiones.

Una por Semana Santa, donde siempre disfrutaba del ambiente de religiosidad enfervorizada que bañaba esta ciudad en esas fechas. El frío, el olor a incienso, el sonido de las bandas,… todo eso le hacía sentirse relajado, ante la extraña sensación de que esa parafernalia tan castellanamente sobria en algunos casos y tan brutal en otros, se debía a algo que estaba más allá de su conocimiento infantil, pero que su percepción, libre aún de perjuicios, trasladaba a otra época menos mundana y más espiritual.

Otra en verano.

Acudía a Cuenca a finales de Agosto. Durante una semana convivía con sus primos, con sus tíos y abuelos. Era una época previa al viaje a la playa.

A pesar de estar puerta con puerta, la obligada visita a la tía Juana tenía lugar, tan sólo, una vez. Sitín estaba fascinado con la casa.

Las fotos antiguas de los tatarabuelos y los bisabuelos presidían el salón, con ese color sepia de las viejas imágenes, y ese gesto adusto, como petrificado, que todos mostraban, dudando si perderían parte de su alma con la instantánea.

Los muebles antiguos, fruto de alguna pobre herencia, los armarios de la ropa de cama, con ese olor característico a naftalina y a espliego,… y ¡allí!, al fondo, las dos mecedoras.

¡Qué peleas con sus hermanos y sus primos para sentarse en ellas!

El vaivén le permitía imaginar que estaba en una antigua diligencia, casi con John Wayne al lado,… o en una nave espacial camino de Marte,…, o en un avión militar preparado para saltar en paracaídas sobre una remota isla del Pacífico. Todo en una época libre de PlayStation, Wii, y otros artilugios electrónicos, que le obligaban a idear juegos colectivos donde los buenos eran muy buenos y ganaban siempre, y los malos eran muy malos y, además, perdían.

Y la sonrisa de la tía Juana sobrevolando por encima de sus cabezas.

Al final del pasillo, había una habitación oscura, siempre con la puerta cerrada, que se convertía en la guarida perfecta cuando jugaban al escondite. En ese cuarto, se almacenaban los muebles más dispares que pudiera imaginar. Desde una antigua cómoda con los tiradores de los cajones completamente diferentes unos de otros, hasta una vieja pajarera con algunos alambres rotos, pasando por sillas, algún espejo desconchado, e incluso el viejo sillón de orejeras, que alguna vez había visto en casa de sus abuelos.

A la tía Juana, tan jovial siempre, no le gustaba que entraran en esa habitación. Siempre les decía que sólo había trastos viejos llenos de polvo y de humedad. Sin embargo, a Sitín ese ligero olor a polvo y a rancio, lejos de molestarle, le gustaba. ¡Era la habitación más fascinante de la casa! Algo había en ese ambiente enrarecido que le hacía sentirse protegido.

Los años fueron pasando, y las estancias en Cuenca se fueron distanciando en el tiempo.

Pero cuando iba, no se perdía la vista a la tía Juana y, cuando nadie le veía, se alejaba por el pasillo y entraba en el cuarto de los trastos viejos. Allí permanecía un rato sintiéndose lleno de esa sensación especial que le dejaba clavado al suelo y lleno de paz.

La última vez que entró en ese cuarto se sentó, a oscuras, en el viejo sillón. Por la puerta apareció la cara sonriente de la tía Juana.

- ¿Qué haces aquí, hijo?
- ¡Me encanta este lugar! ¿Te acuerdas que cuando éramos unos críos nos escondíamos aquí? Siempre que he venido a tu casa he entrado a verlo. Me hace sentirme bien...
- Sí, tiene algo especial. Es mi cuarto de los trastos viejos. Todos deberíamos tener uno. Guardan un secreto...

La conversación continuó durante un rato, hasta que reclamaron la presencia de Sitín en el salón.

El tiempo prosiguió su avance lento, o no tan lento, pero inexorable. Sitín pasó a ser Luis, a la universidad, al *primer trabajo. Cuenca estaba cada día más lejos, como lejana estaba la infancia. Los abuelos, la tía Juana, cubrieron su etapa de paso por este mundo.*

El trabajo del día a día, las nuevas preocupaciones, las ganas de subir, la ambición, eran una droga que provocaba múltiples efectos en la mente de Luís. Le mantenía en guardia, alerta a cualquier señal de alarma que le obligara a reaccionar rápidamente sacando su lado depredador, defendiendo cualquier parcela que considerara suya o simplemente que fuera su meta. Y dentro de sus objetivos estaba que ni nada ni nadie le estorbara en su ascenso. Por ello discutió con sus padres, con sus hermanos, alejándolos de él. Esa pastelera conciencia de "Pepito grillo" no iba con sus planes.

Poco a poco, como un Dorian Grey moderno, su alma se volvía algo más negra. Y cada vez que daba un paso hacia arriba, apoyándose en quien hiciera falta para ello, una pequeña parte de sus recuerdos desaparecía de su mente. ¡No hacía falta tener guardado nada de la mojigatería en la que había crecido!

Y un día sucedió.

La semana había sido muy dura. La lucha en la dirección de la empresa en la que se había hecho el hombre fuerte era encarnizada. La llegada de un nuevo socio, con su equipo joven y agresivo, le traía de cabeza. A pesar de su especial olfato para detectar las maniobras de sus enemigos, que eran numerosos, esa vez no consiguió ver la jugada. Sentado en su sillón de la sala de juntas oía, como un sonido lejano, cómo el consejero delegado ofrecía en bandeja de plata su cabeza a cambio de mantener su posición. Reaccionó rápido. No se iba a convertir en el enésimo cadáver de un directivo de relumbrón. De eso él sabía mucho. ¿A cuántos había sacrificado durante su meteórica carrera? Peleó como nunca, negoció y, una vez más venció. Pero algo había en todo esto que era diferente a las otras veces: Nadie había abierto la boca en su favor. Por primera vez, sintió una soledad extrema. La droga que el triunfo había significado siempre para él, esta vez le resultaba amarga, escasa.

Llegó a casa por la noche, con la cabeza a punto de explotarle. Se duchó y se fue a dormir, solo, como solo llevaba ya años. Una y otra vez el recuerdo de esa última batalla le obligaba a dormir envuelto en pesadillas.

Y, de repente, sucedió. Algo húmedo y salado le resbalaba por la cara. ¡Estaba llorando! ¿Dónde y cuándo había perdido la noción de lo que le habían inculcado desde pequeño, que le llevaba a estar tan inmensamente solo?

A la mañana siguiente montó en su coche y se dirigió a Cuenca. Algo le llamaba desde los lugares más ocultos de su cerebro.

Llegó temprano y se dedicó a pasear por las hoces. Caminó por la calle de los Tintes y sus pasos le llevaron a la calle del General Santa Coloma. Se quedó mirando los viejos balcones de la casa de sus abuelos. No pudo recordar el tiempo que pasó así, ensimismado.

De repente, una voz familiar le llamó:

- ¿Luís?

Se volvió. Era su hermana Magda. Hacía más de diez años que no se veían. La última discusión había sido demasiado violenta...

- ¿Magda?, ¿cómo estás?, le preguntó a su hermana.
- Bien, bien. ¡Cómo es que has venido a Cuenca! La última vez que hablamos renegaste de todo esto.
- Necesitaba volver …

Comenzaron a hablar. Le contó sus últimas experiencias, sus últimos triunfos profesionales y sus grandes fracasos personales. Fueron a comer a un restaurante cercano. La sobremesa fue larga, llena de recuerdos, de reencuentros, de puentes rotos y reconstruidos.

Al filo de la media tarde, Magda le comentó que había comprado la casa de la tía Juana.

Subieron.

La decoración era diferente, pero algo había que le transportaba a años atrás. Giró hacia el fondo del pasillo y se dirigió al viejo cuarto. Abrió la puerta. ¡Estaba igual! Todo almacenado sin un orden preciso. Ahora también descansaban allí las mecedoras, junto al sillón lleno de polvo.

Se volvió a su hermana, que sonreía en ese momento. ¡Esa sonrisa le resultaba familiar! ¡Era la misma sonrisa que había visto una infinidad de veces en la cara de la tía Juana!

- *Le prometí no tocar nada de este cuarto. Sólo he añadido algún trasto viejo que me ocupaba espacio.*
- *¡Es fantástico! ¿Te importa dejarme solo un rato, por favor?*
- *¡Claro!, voy a preparar un café. Te espero en la cocina.*

Cerró la puerta. Acarició las mecedoras. Se sentó en el viejo sillón. El omnipresente olor a polvo y humedad le llenó los pulmones. Y, como un flashback, todos aquellos recuerdos que habían desaparecido de su mente regresaron de golpe, ocupando de nuevo su sitio, demostrando que nunca se habían ido.

Y recordó la última ocasión en la que estuvo allí, y la conversación con su querida tía Juana...

- ... Siempre que he venido a tu casa he entrado a verlo. Me hace sentirme bien...
- Sí, tiene algo especial. Es mi cuarto de los trastos viejos. Todos deberíamos

tener uno. Guardan un secreto... Son los guardianes de los recuerdos. Aquí están tus momentos felices, y los no tanto... El sillón donde tu abuelo te cogía y te sentaba en sus rodillas cuando eras casi un bebé. Está la cómoda de mis padres, el espejo de mi primer dormitorio de casada, la pajarera de mi abuela María,..., Y aquí quedarán las mecedoras que tanto te gustan, y los retratos amarillentos de mis mayores... Pero esto no le da un carácter especial. Sólo sirve para ayudarte a recordar.

Lo que representa el cuarto de los trastos viejos es tu identidad familiar, tu moral, tu esencia como persona que se ha ido forjando de generación en generación. Son tus valores, el punto de encuentro de los tuyos, tu referencia.

Por encima de todos nosotros, hay algo así como una "inteligencia familiar" que acumula tanto la energía como las vivencias de cada familia y es lo que permite una especie de comunión espiritual que te indica la forma de actuar en cada momento. Está por encima de las personas. Cuando alguien se ha ido para siempre, añade todo el bagaje que ha recogido durante su existencia y lo entrega a esa "esencia" de la que los demás bebemos.

Y sí, la sensación de que alguien se ha ido para siempre es dura, pero luego te das cuenta de que, realmente, mientras alguien piense en ti, nunca te habrás ido.

Y ahí está la magia del cuarto de los trastos viejos. Te permite recordar, y con los recuerdos te permite mantener vivas a las personas que has querido, y con eso el "espíritu familiar" sigue presente, y te inunda, y te da paz, y te da la fuerza cuando te falta. Ellos están allí, para ayudarte en cada momento. Sólo tienes que hacer una cosa: No olvidarlos.

Y entonces sus padres le llamaron para que fuera al salón...

Fue hacia la cocina. Allí estaba Magda, con un café en la mano. Se acercó, le quitó con cariño la taza y la dejó sobre la encimera, la miró y la abrazó. Y rompió a llorar, pero esta vez no se sentía solo. Toda su familia estaba con   él."